I0692159

# SCULLY, Mi Héroe

Dedico este cuento a mi hermosa familia, Paulita, Chris, y Scully.

Escrito por Mirella Utsler
Ilustrado por Roberto Castillo Zamudio
(ROCAZ)

Este libro pertenece a:

_____

Sofía tenía una hermosa familia. Su hija Esperanza, y su hijo Tomás, ellos amaban pasar tiempo juntos leyendo, practicando deportes, horneando galletas, pasteles, y mucho más.

Luca, su vecino, era el mejor amigo de los niños. Cuando Sofía trabajaba, Luca pasaba tiempo con Esperanza y Tomás; ellos eran muy cercanos.

Un día, Tomás tuvo que mudarse con su padre, quien vivía en otro vecindario. Esto hizo que Tomás y Esperanza se sintieran tristes.

Esperanza y Luca llamaban todos los días a Tomás para saber cómo estaba. Dejaban la cámara encendida y pretendían que estaban juntos. Sin embargo, para Esperanza, la separación había sido difícil.

A Luca no le gustaba verla tan triste y tuvo una idea para animarla: "¿Qué tal si adoptan un perrito?" sugirió Luca. Sofía estaba en contra de esa idea y no permitiría que Esperanza y Tomás tuvieran una mascota, pero a medida que pasaba el tiempo, ambos hermanos se sentían más tristes cada día que estaban separados.

Sofía sabía lo que tenía que hacer, así que pronto le dieron la bienvenida a un cachorro en su hogar, quien llenó los corazones de sus pequeños con alegría. Esperanza lo llamó Scully, y desde ese momento, fueron inseparables.

Cada fin de semana, cuando Tomás regresaba a casa, él y Esperanza le enseñaban a Scully nuevos trucos. El perrito creció rápidamente, y su energía y amor incondicional llenaron el hogar de sonrisas y nuevas aventuras. La familia se volvió más unida que nunca.

Pronto llegó el cumpleaños de Tomás, y él regresó a casa de mamá un fin de semana para celebrarlo. Por su cumpleaños, Tomás pidió un paseo en bote. Sofía no quería ir, ya que nunca había aprendido a nadar. Sin embargo, quería hacer realidad el deseo de Tomás, así que reservó un bote. Le dijeron que era un bote muy seguro y que tendrían chalecos salvavidas. Eso le dió tranquilidad.

La familia invitó a Luca, y los cinco se fueron de paseo en bote para celebrar el cumpleaños de Tomás. Los niños y Scully estaban encantados con el agua y la hermosa naturaleza que los rodeaba. Sofía les dijo a todos que no saltaran al río hasta que llegaran a la orilla. Sin embargo, estaban navegando tranquilamente, cuando sin previo aviso, Tomás decidió saltar al agua porque tenía mucho calor.

El rostro de Sofía palideció, pero con calma intentó convencer a su pequeño de que regresara al bote. Los niños, despreocupados, reían mientras veían a Tomás nadar sin problemas. Además, llevaba un chaleco salvavidas. Pero de repente, Tomás comenzó a alejarse del bote, y el viento hizo que el río fluyera con más fuerza, preocupando a todos.

Esperanza y Luca querían saltar para intentar salvar a Tomás, pero Sofía les gritaba desesperadamente que no lo hicieran. Sin pensarlo, Sofía saltó al agua, olvidando que no sabía nadar. Todos se dieron cuenta rápidamente de que Sofía estaba en problemas, pero ella les suplicó que no saltaran y prometió que iría por Tomás.

Scully, que había visto todo, decidió actuar.
Saltó al agua y nadó hacia Tomás,
empujándolo lentamente hacia el bote.
Esperanza y Luca lo ayudaron a subir.
Scully regresó por Sofía, que apenas
chapoteaba y había comenzado a tragar
agua.

Desafortunadamente, Scully no era lo suficientemente fuerte para arrastrar a Sofía hacia el bote. Los niños, aterrados, miraban impotentes mientras Sofía luchaba por mantenerse a flote, y el viento no cesaba.

Scully se acercó al bote, ladrando a los niños como si quisiera decirles algo. Los tres pequeños miraron alrededor del bote hasta que notaron una cuerda. Scully ladró como si les pidiera que se la lanzaran. Los niños ataron un extremo de la cuerda a la embarcación y lanzaron el otro extremo a Scully. El pastor alemán sujetó la cuerda con su hocico y la llevó hacia Sofía. Ella había tragado mucha agua, estaba muy cansada y ya no tenía fuerzas.

Scully trató de atar la cuerda alrededor del brazo de Sofía, pero la cuerda seguía resbalando. Siguió intentándolo hasta que, finalmente, la cuerda quedó segura. Los niños tiraron de la cuerda con todas sus fuerzas, mientras Scully la mantenía en su lugar y, a su vez, iba empujando a Sofía hacia el bote. Finalmente, Sofía se acercaba cada vez más, hasta que estuvo lo suficientemente cerca para que los niños pudieran subirla.

Tiraron de la cuerda con todas sus fuerzas, pero Sofía era demasiado grande y los niños no podían levantarla. Pasaron los minutos y, aunque Sofía ya no tragaba agua, parecía haber perdido el conocimiento. Los niños continuaron jalando, pero no funcionaba, y Scully ladró de nuevo como si intentara decir algo. Entonces, se alejó nadando.

Los niños, asustados en el bote, intentaban mantener a Sofía a flote mientras esperaban un milagro. Unos minutos después, vieron a Scully nadando de regreso. Al verlo, los niños gritaron su nombre, y detrás de Scully venía un bote a toda velocidad.

Los pescadores habían seguido a Scully porque no había dejado de ladrarles, y reconocieron la angustia y desesperación en sus ladridos como un grito de ayuda. Al ver a los niños solos, se dieron cuenta de que la situación era grave. Un pescador saltó al agua y agarró a Sofía, mientras el otro la subió al bote y la salvó. Sofía recuperó la conciencia y abrió los ojos. Abrazó a los niños y a Scully y les agradeció a todos. Luego, miró al cielo y dijo: "¡Gracias!".

Tom, que se sentía culpable, se disculpó y prometió no volver a hacer algo así. Todos lo abrazaron y le dijeron que lo querían. Sofía prometió a todos que aprendería a nadar.

Los pescadores contaron a todos lo que había sucedido ese día y cómo Scully había pedido ayuda para salvar a su familia. Los periódicos compartieron la historia y pusieron la foto de Scully en todos los medios. La historia sorprendió a todos y decidieron hacer una escultura en honor a Scully por su valentía, lealtad y amor a su familia.

Hablemos sobre el cuento:

1. ¿De qué crees que trata el libro, según su título y la portada? ¿Por qué?

2. Observa las ilustraciones. ¿Qué temas crees que explorará la historia?

3. ¿Cómo describirías la personalidad de Scully?

5. ¿Por qué Sofia decide llevar a los niños a un paseo en bote, a pesar de no saber nadar? ¿Qué hubieras hecho tu?

6. ¿Si bien Scully es el héroe de la historia; quienes también ayudaron a la familia a salvarse?

6. ¿Puedes relacionar alguna parte de la historia con tu vida? Por favor comparte un ejemplo.

7. Si pudieras cambiar el título del cuento, ¿cuál elegirías y por qué?

8. ¿Puedes identificar una causa y efecto en la historia? ¿Cómo mejora la trama?

9. ¿Qué mensajes o lecciones crees que transmite la historia?